ÉTIENNE CARJAT

LA LEÇON DE JEANNE

DRAME PATRIOTIQUE EN UN ACTE ET EN VERS

PARIS
ALPHONSE LEMERRE, LIBRAIRE
47, Passage Choiseul, 47

MDCCCLXXII

PARIS. — IMPRIMERIE L. HUGONIS,
19, Passage Verdeau, 19.

A l'Armée des Vosges

C'est à toi, fière armée invaincue entre toutes,
Que je veux dédier mon drame plébéïen;
A toi, dont le sang pur rougit toutes les routes
De la vieille Bourgogne ouverte au Prussien;

A toi, dont le courage et dont la discipline
Multipliant les coups portés à l'Allemand,
La baïonnette aux reins, de colline en colline,
Le refoulaient vaincu, muet d'étonnement;

A toi, que des Français, journalistes indignes,
N'ont pas craint d'insulter et de calomnier,
Faméliques haineux, qui font compter leurs lignes
Par l'homme de Sedan, leur prodigue caissier.

Plus tu fus simple et grande et plus ils t'ont salie ;
Le fiel de Chiselhurst emplit leurs encriers,
Et leur plume vénale, en délayant la lie,
Décora tes soldats du nom d'aventuriers.

Soyez fiers, compagnons du héros honnête homme,
De ce titre d'honneur qu'ils vous ont décerné ;
Le grand libérateur que l'on exècre à Rome,
Aux flèches de Basile était prédestiné.

Soyez fiers, Menotti, Ricciotti, Bordone,
Et toi Bosak, tombé dans le Val-de-Suzon,
Ces bravis arrogants que la France abandonne,
Ceux-là, chers vaillants cœurs, n'auraient pas pris Dijon.

Laissez-les distiller leur venin catholique,
La voix haute, vous seuls avez, en combattant,
Crié du fond du cœur : « Vive la République ! »
Et c'est pour ce cri-là qu'ils vous en veulent tant.

E. C.

LA

LEÇON DE JEANNE

DRAME PATRIOTIQUE EN UN ACTE ET EN VERS.

PERSONNAGES

BERTIN, vieux garde-chasse.
NOEL, son fils, officier de mobiles.
GASTON, cousin de Jeanne.
MICHU, fermier.
JEANNE BERNARD.
MARIANNE, femme de Bertin.

La scène se passe après l'armistice.

En province : Une salle basse chez un garde. — Intérieur rustique. — Au fond, dans une alcôve, un grand lit à baldaquins.—Tables, chaises, bahuts, grande cheminée de campagne. — Le matin.

SCÈNE Ire.

MARIANNE, BERTIN.

MARIANNE.

(*Elle entre par la droite, va à la fenêtre et entr'ouvre les volets. Le jour envahit la scène.*)

Grand jour, déjà ! Je suis paresseuse, aujourd'hui.
(*Elle regarde du côté du lit et va à la cheminée.*)
Avant qu'il ne s'éveille, occupons-nous de lui.
Pauvre ami ! Sa blessure est à peine fermée ;

Sa pauvre vieille jambe est toujours enflammée,
Et si je n'étais là, pour la panser, Dieu sait
Ce qu'il arriverait.

(*Elle pose une bouillotte sur la table avec un rouleau de bandes et va au lit.*)

Ah! voici mon blessé
Qui s'éveille. Tirons ses rideaux. La lumière
Du matin lui fera plaisir.

BERTIN, *se soulevant, gaîment.*

Bonjour, la mère.

MARIANNE.

Bonjour, mon bon Bertin. Vas-tu mieux, mon ami?

BERTIN, *étirant ses bras.*

Depuis un mois, je n'ai jamais si bien dormi,
Marianne; j'ai fait un rêve magnifique,
Qui m'a mis comme un baume au cœur.

(*Il descend avec précaution du lit, soutenu par sa femme.*)

MARIANNE.

Quel rêve? Explique
Toi; te voilà tout gai.

BERTIN, *assis sur son lit, pendant que Marianne panse sa jambe.*

Laisse-moi rire un brin.
Je les ai reconduits jusqu'au-delà du Rhin:
Quelle course, bon Dieu! Quelle dégringolade!
S'ils ont de bons poumons, ils doivent être à Bade.

MARIANNE.

A Bade! Qui cela?...

BERTIN, *se tâtant le bras.*

Les Prussiens, parbleu!
J'en ai tant massacrés, que j'ai le bras tout bleu,
Et, si, comme autrefois, j'avais eu bonne jambe,
Il n'en restait pas un! — Mais on n'est plus ingambe,
Et l'olive de plomb de ce Saxon bâté,
Malgré moi me rappelle à la réalité.
C'est égal; celui-là n'a pas pris ma pendule;
Il a reçu dans l'œil ma petite pilule,
Et pourra désormais se passer de lorgnon :
C'est un de moins! (*Il va pour se mettre debout.*)

MARIANNE.

Attends; donne-moi le bras.

BERTIN, *joyeusement.*

Non,
Je marche comme un homme, aujourd'hui. Tiens, sans canne,
Vois. (*Il lève les bras et marche.*)

MARIANNE, *courant à lui.*

Veux-tu bien te taire, et t'asseoir!

UNE VOIX, *dans la coulisse.*

Marianne!

MARIANNE.

C'est Jeanne qui m'appelle. Attends. Prends ce bouillon
Bien chaud... (*Elle lui présente une tasse.*)

BERTIN.

Oui, docteur, oui, ma bonne Marion.

MARIANNE.

Eh bien ?...

BERTIN.

Un vrai velours! Et voilà pour tes peines! (*Il l'embrasse.*)

(*Marianne entre chez Jeanne. Bertin tire une blague de sa poche et bourre sa pipe.*)

SCÈNE II.

BERTIN, *seul.*

Je sens comme un sang neuf qui coule dans mes veines,
Et je suis content d'être au monde, ce matin ;
Je me sens revivre ! (*Il allume sa pipe. Michu apparaît au fond.*)

SCÈNE III.

BERTIN, MICHU.

MICHU.

Eh ! bonjour, père Bertin.
La santé, par chez vous ? Chez nous, pas trop mauvaise.
(*Bertin se retourne, étonné.*)

BERTIN.

Michu ! Par quel hasard ? Prenez donc une chaise.
Je vous croyais tué ?...

MICHU.

Par qui, mon doux Jésus ?

BERTIN, *souriant.*

Mais par les Prussiens, pour les avoir reçus
A coups de fusil.

MICHU, *se frappant la poitrine.*

Moi ?...

BERTIN.

Sans doute.

MICHU.

Pas si bête !
Ils m'auraient fusillé.

BERTIN, *goguenard.*

Vous leur avez fait fête,
Peut-être bien, Michu ?...

MICHU, *embarrassé d'abord, puis s'animant par degrés.*

Non, mais tout mécontent
Que j'étais de les voir, comme ils payaient comptant
Tout ce qu'ils achetaient, dam! j'ai fait ma pelote
En attendant. — Tenez; le boucher de Marlotte,
S'ils étaient seulement restés six mois de plus,
Gagnait, sur ses marchés, plus de cent mille écus.
C'est comme Pinsonnet, le traiteur de Rinville;
Il pourrait s'acheter un hôtel à la ville
Avec ce qu'a laissé chez lui l'état-major.
Notez que ces gens-là payaient toujours en or,
Et que l'or faisait prime.

BERTIN, *même ton.*

Oui, c'était une affaire
Comme une autre.

MICHU.

Et, si nous n'avions pas su la faire,
Les voisins l'auraient faite, allez.

BERTIN.

C'est vrai, Michu,
D'autant que, comme vous, ils ont le doigt... crochu.

MICHU.

Pas plus que d'autres, va, Bertin, c'est le commerce
Qui veut ça.

BERTIN.

Moi, Michu, cela me bouleverse
De voir des gars pareils à vous, et, tenez.... si
J'osais.... vrai, vous seriez déjà bien loin d'ici.

(*Lui secouant le bras avec violence.*)

Vous ne savez donc pas ce qu'a fait votre père,
Malheureux?...

MICHU, *se reculant.*

Quoi donc?

BERTIN.

Quand, sortant de son repaire,
La vermine allemande inonda nos chemins,
Il partit bravement, un fusil dans les mains;
C'est ainsi qu'on partait, en mai quatre-vingt-douze,
Le temps de s'embrasser, d'endosser une blouse,
De fourrer dans son sac du pain noir et du plomb,
Et les gars en sabots marchaient avec aplomb.
Mon ancien en était, payant de sa personne,
A Jemmape, à Valmy, dans les bois de l'Argonne,
Partout où l'étranger montrait son front maudit!
Voilà ce que le vieux Bertin, à moi, m'a dit.
(Il lui montre un vieux fusil accroché à la cheminée.)
Tiens, regarde! Vois-tu sa vieille carabine?...
Sur elle, j'ai juré de trouer la poitrine
Du premier Prussien qui reviendrait chez nous;
Et j'ai tenu serment! — Vous n'avez rien fait, vous,
Que tendre lâchement votre échine à la schlague,
Et le col au licou.

MICHU, *haussant les épaules.*

La schlague est une blague,
Comme on dit à Paris; ils n'en ont pas usé
Chez nous.

BERTIN.

Eh bien! ailleurs, ils ont martyrisé
Des villages entiers; ils ont fouetté des femmes,
Des enfants, fusillé des vieillards, les infâmes!

MICHU.

On le dit, mais faut voir...

BERTIN, *indigné.*

C'est peut-être un canard,
Comme on dit à Paris, que la mort de Bernard
Et de son fils ?...

MICHU.

Bernard ! Le patron de l'usine ?
L'oncle à monsieur Gaston, mon maître ?...

BERTIN.

Oui, la cousine
De Gaston a perdu père et frère à la fois :
On les a fusillés tous deux au coin du bois.

MICHU.

Mademoiselle Jeanne ?...

BERTIN, *montrant la porte de gauche.*

Elle est là, qui les pleure
Depuis cinq mois. Tu vas la revoir, tout à l'heure.
— Est-ce une blague, dis, que toutes ces horreurs ?...

MICHU, *cynique.*

Dam ! s'ils avaient caché chez eux des francs-tireurs,
Écoutez donc, Bertin... Quand il faut se défendre
On fait comme l'on peut .. Puisqu'on devait se rendre,
Un peu plus tôt, un peu plus tard... Autant valait
Commencer par là.

BERTIN, *avec dégoût.*

Pouah ! vous n'êtes qu'un valet,
Maître Michu !

MICHU.

Possible ! On deviendra son maître,
Un jour. En attendant, si vous voulez permettre,
J'emplis mon bas de laine et j'arrondis mon bien.

BERTIN, *marchant à lui.*

Vous! vous ne valez pas le clou d'un Prussien !
Car sous Napoléon, tous ces hacheurs de paille,
Se sont levés en masse, ardents à la bataille :
Soldats, étudiants, ouvriers, paysans,
Nobles et prêtres, tous, de l'enfant de seize ans
Au père de soixante, accouraient, pleins de haine.
L'Allemagne était lasse et secouait sa chaîne :
Elle allait, à son tour, étonner ses vainqueurs.
— L'amour du sacrifice enflammait tous les cœurs.
Tout moyen était bon pour arrêter la marche
De l'armée ennemie ; on faisait sauter l'arche
Des ponts; tous les bateaux devaient être coulés;
On brûlait les moulins, les farines, les blés,
Les fourrages ! Les puits étaient comblés de pierres ;
On défonçait les fûts ; de solides barrières
Coupaient tous les chemins ; ni fête, ni travail !
Les paysans fuyaient, emmenant leur bétail.
Partout où nous passions nous trouvions la famine,
La désolation, le deuil et la ruine.
Plus de fille aux yeux bleus et de petit vin blanc !
Les vaillants d'autrefois n'avançaient qu'en tremblant;
Nous marchions à tâtons et nous n'espérions guère,
Car ces gens-là, vois-tu, faisaient la sainte guerre,
Et si nous avions fait comme eux, chez nous, jamais
On n'aurait vu leur casque à Paris !

MICHU.

C'est vrai, mais
Si nous avions chez nous agi de même sorte,
Nous irions mendier, Bertin, de porte en porte.

BERTIN.

Nous aurions pu, du moins, sauver l'honneur.

MICHU.

Un mot.

Votre honneur sans la soupe, est un trop chiche lot ;
Je n'en veux pas.

BERTIN, *avec autorité.*

Assez ! voilà la Marianne.
Tais-toi, surtout, devant mademoiselle Jeanne.

SCÈNE IV.

LES MÊMES, JEANNE, MARIANNE.

JEANNE. *(Elle tend la main à Bertin.)*

Bonjour, mon vieux Bertin. Tu parlais d'or, c'est bien !

BERTIN.

Je voulais convertir ce mauvais citoyen.

JEANNE.

Et monsieur, n'est-ce pas, a la tête un peu... dure ?

BERTIN, *se frappant la poitrine.*

La tête, et puis le reste !... une riche nature !

MICHU.

Chacun, à sa façon, cherche la vérité.
Moi, je suis de l'avis de la majorité ;
C'est plus prudent. D'ailleurs, c'est l'avis de mon maître.

(Jeanne, se retourne, étonnée.)

BERTIN.

Le fermier à Gaston.

MICHU, *s'inclinant.*

J'ai même à vous remettre
De sa part ce billet. *(Il lui présente une lettre.)*

JEANNE, *vivement.*

Une lettre de lui !
Donnez vite. (*A Marianne.*)
Tu sais, Marianne, celui
Que mon père aimait tant.

MARIANNE, *souriant, en montrant Bertin.*

Que Bertin n'aimait guère.

JEANNE, *mélancoliquement.*

Nous étions fiancés, je crois, avant la guerre....
(*Elle déchire l'enveloppe.*)

MICHU.

(*Il cherche dans sa poche et en tire une autre lettre qu'il présente à Bertin.*)
Le piéton m'a donné cette autre-là, pour vous...
Et de Paris, encor ! — Vous me devez cinq sous.

BERTIN, *joyeux, la décachetant.*

Je t'en donnerai dix, et je paie une goutte,
Si c'est de mon Noël. (*Marianne accourt et regarde.*)

MARIANNE.

Donne, tu n'y vois goutte.
(*Elle met ses lunettes et prend la lettre.*)

JEANNE, *lisant la lettre de Gaston.*

« Ma chère Jeanne, un an s'est écoulé depuis
« Que j'ai quitté Fresnais....

BERTIN, *à Marianne.*

Eh bien ?...

MARIANNE.

(*Elle lit.*) Voilà, j'y suis.
« Chers parents... (*Joyeusement.*) C'est de lui ! (*Bertin l'embrasse.*)

JEANNE, *continuant.*

« J'étais en Italie
« Lorsqu'éclata la guerre. Un instant, la folie
« De m'enrôler me prit. (*A part.*) La folie !...

MARIANNE, *de son côté.*

« Aussitôt
« L'armistice signé, pour vous revoir plus tôt,
« J'ai quitté l'ambulance et me suis mis en route ;
« Je vous embrasserai demain, coûte que coûte...
(*S'interrompant.*)
Demain, c'est aujourd'hui !...

JEANNE, *continuant.*

« Je rêvais les lauriers
« Du vainqueur, je voulais éclipser les guerriers
« Dont j'avais esquissé le profil au collége...

MARIANNE, *de même.*

« Je vous raconterai la légende du siége,
« Nos combats, nos espoirs, nos découragements.
« La haine de Paris contre les Allemands...

JEANNE, *continuant.*

« Cet élan dura peu. Mon père, en homme habile.
« Me donna le conseil de me tenir tranquille.
« Après Sedan, voyant l'empereur prisonnier,
« Je crus, de bonne foi, que nous allions signer
« La paix. (*A part.*) Signer la paix ! (*Haut.*)
« La chose était certaine,
« Mais comme l'oiseau noir du bon Jean La Fontaine,
« Les tribuns de septembre, à l'affût du moment,
« Leur République au bec, conclurent autrement....

MARIANNE, *de même.*

« Je vous dirai comment nos beaux rêves de gloire
« Finirent en fumée, et pourquoi la victoire
« Nous trahit tant de fois....

JEANNE, *continuant.*

« Je laissai ces messieurs
« Continuer la lutte et rejoignis plusieurs
« Amis refugiés dans la calme Belgique.
« En lisant un journal, j'appris la fin tragique
« De ceux que nous aimions ; j'ai hâté mon retour :
« Et je viens aujourd'hui vous dire, sans détour :
« Votre deuil achevé, voulez-vous, ma cousine,
« A ma fortune intacte, unir votre ruine ? »
(*A part.*) Allons, il a le cœur plus sain que le cerveau.
C'est bien. (*Elle reste un moment songeuse.*)

MARIANNE, *de même.*

« Bref, vous verrez un Noël tout nouveau.
« Un homme qui n'a plus au cœur qu'une espérance :
« Vaincre à son tour, demain, les vainqueurs de la France.

BERTIN, *à Michu.*

Vois-tu, ce fils-là, c'est ce qu'elle a fait de mieux ;
C'est droit, solide et franc. (*A sa femme, en riant.*)
Et si j'étais moins vieux,
Nous ferions son pendant, afin d'avoir la paire.
Pas vrai, femme ?

MARIANNE, *lui montrant Jeanne.*

Veux-tu !...

BERTIN, *à Jeanne.*

Pardon, je suis un père
Heureux, mademoiselle. (*Il lui montre la lettre de Noël.*)

Il revient aujourd'hui,
Tout à l'heure !...

JEANNE.

Noël ?

MARIANNE, *montrant Bertin.*

Oui, Jeanne, et comme lui,
Je deviens un brin folle.

JEANNE.

Aime-le bien, nourrice.
Mon père aussi l'aimait et lui rendait justice,
Lorsqu'il me dit, le jour où Noël s'enrôla
Et partit pour Paris : Tiens, ma Jeanne, voilà
Ce que j'appelle un homme ! Et bienheureuse celle
Qui deviendra sa femme !

MARIANNE.

Oh! oui, la chère belle
N'aura qu'à se laisser aimer.

JEANNE, *rêveuse.*

Aimer!... aimer!
Gaston m'aimera-t-il ? Pourra-t-il ranimer
Mon cœur endolori ? — Si je deviens sa femme,
Saura-t-il me comprendre et lire dans mon âme ?
Marcherons-nous toujours dans le même chemin ?
Il est mon fiancé, mais, en m'offrant sa main,
Est-ce l'amour qui parle ou la délicatesse ?
Ce doute vient encor augmenter ma tristesse.

(*Elle prend sur la table un petit bouquet qu'elle a déposé en entrant.*)

Pour m'éclairer, venez, chères petites fleurs,
Qu'en cueillant ce matin, j'arrosai de mes pleurs ;

Parure des cercueils, gaîté du cimetière,
Qui parfumez la tombe et bercez la prière,
Venez joncher le sol où, chaque jour, tout bas,
Je vais parler à ceux qui ne répondent pas.
— Peut-être, en priant bien, leur bouche descellée,
Rendra-t-elle le calme à mon âme troublée....
(Elle sort.)

SCÈNE V.

BERTIN, MICHU, MARIANNE.

MARIANNE, *suivant Jeanne des yeux.*

Pauvre enfant! Quel chagrin!... Elle y pense toujours.
(Vivement, avec agitation, entr'ouvant les bahuts.)
Quant à vous, les bavards, rengaînez vos discours.
Aidez-moi. Vous allez tous deux mettre la table.
Deux couverts de plus. Moi, je m'en vais à l'étable
Chercher quelques œufs frais. *(Ouvrant un buffet.)*
Nous avons un jambon,
Une terrine... un beau poulet... Avec un bon
Plat de pommes de terre, un fruit et du fromage,
On peut faire un gentil déjeuner de village.
— Dépêchez-vous, lambins... sans rien casser, surtout.
(Elle sort en courant.)

SCÈNE VI.

BERTIN, MICHU.

BERTIN.

Quel ouragan, Michu! Tu la vois : son sang bout
Comme du vin nouveau. Ce n'est plus une femme;
Dès qu'il s'agit de son Noël, elle s'enflamme
Comme un feu de sarments!

MICHU, *achevant de mettre le couvert.*
Là, c'est fait.

BERTIN, *prenant un panier à bouteilles.*
Au cellier,
Maintenant, et tâchons d'être un bon sommelier.
Je sais un petit coin, où les buveurs de bière
N'ont pas fourré leur nez : une travée entière,
Que j'ai murée à temps. Tous les crûs du bon Dieu
Y reposent au frais leur jus couleur de feu.
Viens voir le beau dortoir. (*Ils sortent.*)

SCÈNE VII.

NOEL, GASTON.

(*Tous deux à la porte, s'effaçant mutuellement.*)

GASTON.

Après vous, capitaine....

NOEL, *entrant.*

Pardon.—Eh bien ! monsieur, comprenez-vous ma haine
A présent ? — Ai-je tort encore d'en vouloir
A ces blonds ravageurs ?...

GASTON.

Non certes. Rien qu'à voir
Cet amas de débris, cet horrible amalgame
De bois noirci, de fer tordu, je sens dans l'âme,
Je l'avoue, une horreur profonde des vainqueurs.

NOEL.

Merci. Cela vaut mieux que les propos moqueurs
De tantôt.

GASTON.

Quand je songe à ma pauvre cousine,
Dont la fortune était liée à cette usine
Où restent seuls debout quelques vieux pans de murs...

NOEL.

Vous rêvez, comme moi, les grands combats futurs,
Où, tombant sur la Prusse, ainsi qu'une avalanche,
Nos fils sauront se battre et prendre leur revanche ?...

GASTON, *froidement.*

Non... pas précisément. Je déteste la guerre.
Ma vengeance serait beaucoup plus terre-à-terre.
Je voudrais, qu'à l'abri des révolutions,
La France gagnât tant et tant de millions,
Qu'à beaux deniers comptant, simplement, sans menace,
Elle pût racheter la Lorraine et l'Alsace.
C'est plus sûr que la poudre.

NOEL, *vivement.*

On ne rachète pas
Un peuple ; on le délivre !

GASTON.

Et l'on fait, dans ce cas,
Massacrer de nouveau quatre ou cinq cent mille hommes.
Je préfère mon plan. A l'époque où nous sommes,
C'est encor le meilleur.

NOEL, *avec ironie.*

Et le plus glorieux ?...

GASTON, *railleur.*

Oh ! vous savez, la gloire aujourd'hui, c'est bien vieux.

(*Bertin entre sans voir les deux jeunes gens, le panier à bouteilles à la main.*)

SCÈNE VIII.

LES MÊMES, BERTIN.

BERTIN, *posant son panier avec précaution.*

Pour que la liqueur soit transparente et vermeille...

NOEL, *marchant à pas de loup derrière lui.*

Garde-toi, mon garçon, d'agiter la bouteille...
C'est ainsi que parlait un bon père à son fils.

BERTIN, *se retournant, avec émotion.*

Noël!... (*Il embrasse son fils à plusieurs reprises. Le saluant militairement:*)

Mon capitaine!...

NOEL, *lui prenant les mains.*

Enfin!...

BERTIN.

Es-tu remis
De ta blessure?...

NOEL.

Oui, mais vous-même?...

(*Il lui montre sa jambe.*)

BERTIN.

Une écorchure
A la jambe. Ce n'est plus rien... une aventure
De chasse....

NOEL, *souriant.*

Au Prussien. — Et ma mère?

BERTIN, *désignant la porte à gauche.*

Elle est là
Qui cuisine pour toi.

(*Il le prend par la main et le fait cacher derrière la porte.*)

Reste comme cela,
Tu vas voir.... (*Enflant sa voix.*)
Marianne!

MARIANNE, *dans la coulisse.*

Eh bien ?...

BERTIN.

On te demande.

MARIANNE, *à la cantonade.*

Voilà !

(*Elle entre en courant, aperçoit Gaston et lui fait une révérence.*)

SCÈNE IX.

LES MÊMES, MARIANNE.

MARIANNE.

Monsieur Gaston !

NOEL, *lui mettant la main sur les yeux.*

Deux gros baisers d'amende.
Pour ne m'avoir pas vu, tout d'abord. (*Il l'embrasse.*)

MARIANNE, *folle de joie.*

Mon Noël !...
Laisse-moi t'étouffer !

(*Elle le serre fiévreusement dans ses bras.*)

Tiens, j'ai le cœur cruel
A force de t'aimer.

(*Elle lui prend la tête à deux mains et l'embrasse à plusieurs reprises.*)

Encor ! et puis encore !
Et puis toujours ! Tiens! tiens ! (*A Gaston.*)

Pardon, mais je l'adore;
Les brigands ont failli me le tuer là-bas. (*A Noël.*)
Tu ne souffres plus?...

NOEL.

Non, mère, il n'y paraît pas
Maintenant; c'est fini.

(*Marianne le retourne comme un enfant.*)

MARIANNE.

Montre-moi ta figure.....
Encore un peu pâlot. (*A Bertin.*) A-t-il une tournure,
Hein? (*A Noël.*) Ta barbe a poussé, mon garçon. Entre nous,
Si je ne t'aimais pas tant, je te dirais : vous.

BERTIN, *orgueilleusement.*

Et capitaine, encor! Regarde l'uniforme :
Trois galons!

NOEL, *gaîment.*

Trois galons qui sont à la réforme
Depuis qu'on a signé la paix. Aussi, demain,
J'endosse ma vareuse et reprends le chemin
De l'atelier.

MARIANNE.

Du tout! Demain, je te condamne
A te reposer.

NOEL, *avec intérêt.*

Et mademoiselle Jeanne,
Mère?... Est-elle toujours bien triste?...

(*Jeanne apparaît au fond.*)

MARIANNE.

La voici.
Tiens, vois... Depuis cinq mois elle est toujours ainsi.

(*Elle sort par la gauche.*)

SCÈNE X.

BERTIN, NOEL, GASTON, JEANNE.

JEANNE, *sans rien voir autour d'elle.*

Les morts m'ont répondu. Je me sens calme et forte,
Mon esprit s'est ouvert et la raison l'emporte.
— Avant de prononcer le oui terrible et doux
Qui doit lier mon cœur à celui d'un époux,
Je veux loyalement m'interroger moi-même,
Et savoir si Gaston mérite que je l'aime.

GASTON, *vivement, allant à elle.*

Bonjour, Jeanne!

(*Il l'embrasse, Noël les regarde fixement.*)

JEANNE.

Gaston!... C'est bien d'avoir songé
A la pauvre orpheline, au cœur découragé ;
Merci d'être venu.

(*Elle lui tend la main et aperçoit Noël.*)

Noël!...

NOEL, *timidement.*

Mademoiselle
Jeanne!...

JEANNE, *souriant.*

Mademoiselle! Est-ce ainsi qu'on appelle
Sa sœur? Appelez-moi Jeanne, comme autrefois,
Et venez m'embrasser au moins. (*Noël l'embrasse.*)
Depuis cinq mois
Voilà le premier jour heureux.

SCÈNE XI.

LES MÊMES, MARIANNE.

MARIANNE, *apportant un plat.*

A table ! à table,
Les enfants ! Sans cela, mon poulet brûle.

GASTON, *gaîment.*

Diable !
Évitons à tout prix ce terrible malheur.

(Il prend le bras de Jeanne. Tous se mettent à table. Pendant le reste de la scène, Marianne va et vient. Bertin s'occupe du service.

JEANNE.

Je voulais vous offrir un déjeuner meilleur,
Mes amis ; mais, hélas ! aujourd'hui je suis pauvre,
Et mon argenterie...

(Elle montre les couverts de Bertin.)

GASTON.

Est sans doute en Hanovre ?

JEANNE, *souriant.*

Avec mon piano.

NOEL.

Parbleu ! les Prussiens
Avant d'être larrons sont nés musiciens.

GASTON.

Ils joignent, comme on dit, l'utile à l'agréable.

BERTIN.

Mais préfèrent l'utile. *(Il fait le geste de ramasser.)*

GASTON.

Un peuple remarquable !

NOEL.

Qui mit la vieille Gaule à deux doigts du cercueil,
Et nous fait payer cher notre imbécile orgueil.

BERTIN.

Cinq milliards !...

MARIANNE, *apportant un autre plat.*

Allons, Bertin, un peu de place
Pour mon poulet.

BERTIN, *s'apprêtant à découper.*

Parfait !

GASTON, *se retournant vers Marianne.*

Et pas la moindre trace
De coup de feu. Cuit à point.

BERTIN.

Un vrai cordon bleu,
Quand elle veut, ma femme. (*A Noël.*)
Aide-moi donc un peu,
Noël, je ne peux pas découper.

NOEL, *joyeusement.*

Impossible !
Je ne sais plus comment est fait ce comestible,
Car le plus fin renard, dans Paris affamé,
N'aurait pas su trouver un bipède emplumé.
C'est pourquoi l'homme, seul, ayant eu la parole,
Pas un oison n'a pu sauver le Capitole.

GASTON, *railleur.*

C'est que les chiens dormaient, comme à Rome, autrefois.

NOEL, *sérieux.*

Les chiens n'ont pas dormi, monsieur, pendant six mois.
Depuis l'aigre roquet, qu'en riant on regarde,
Jusqu'au dogue aux crocs blancs, chacun fit bonne garde,

Et si les sénateurs n'avaient pas plus dormi,
Depuis longtemps la meute eût forcé l'ennemi.

GASTON.

Bah! Au premier crochet elle eût perdu la trace.
Pour bien chasser, monsieur, il faut des chiens de race;
Or, vos Parisiens n'étaient pas dans ce cas :
Leur meute était mêlée!...

NOEL.

Oh ! ne plaisantez pas,
Monsieur. Pendant six mois, Paris fut héroïque.
Sous l'œil du vieux Guillaume il redevint stoïque,
Comme au temps des Normands et du *bon* roi Henry.
— J'ai vu son peuple ardent, jour par jour amaigri,
Par vingt degrés de froid, sous l'obus et la neige,
Supporter en riant les fatigues du siége.
— Quand le canon tonna pour la première fois,
Lorsqu'il vit, dans la nuit, flamboyer les grands bois;
Au bruit sinistre et sourd de la horde invisible,
Il sentit que la honte était chose impossible.
Quand le cercle de fer, murant son horizon,
Fit, de la ville immense, une immense prison;
Des traîtres dédaignant les perfides alarmes,
Pour apprendre à mourir, il demanda des armes.
Des vieillards se battaient pour avoir un fusil!
Ceux qui venaient trop tard s'emparaient d'un outil,
Pelle, pic ou pioche, et remuaient la terre ;
La lave bouillonnait dans le fond du cratère:
Versaille, au loin, sentait la chaleur du volcan !
— C'était, je vous le jure, un magnifique élan,

La période auguste et pleine d'espérance,
Où l'on croyait encore au salut de la France.
— Pareil au grand Danton soulevant les faubourgs,
Gambetta réveillait les villes et les bourgs,
Et poussait la province à l'ardente mêlée.
L'âme de la patrie, errante et désolée,
S'abritant sous les plis des drapeaux en haillons,
Soufflait l'enthousiasme au cœur des bataillons;
Garibaldi, Cremer, Billot, Chanzy, Faidherbe,
Apprenaient la victoire à leur armée imberbe;
Le triomphe final apparaissait certain;
Et Paris, dans l'azur, guettait chaque matin,
Si quelque pigeon blanc, messager de victoire,
Ne rayait pas le ciel du côté de la Loire !

JEANNE, *émue.*

Pauvre cher Paris !

GASTON.

Oui, l'histoire du pigeon !
Le doux ramier d'amour, arrivant de Dijon,
D'Orléans, de Bapaume, et portant sous ses ailes
Le petit papyrus. — J'en riais à Bruxelles,
Entre amis.

JEANNE.

Eh ! bien moi, je pleurais, mon cousin,
Quand je suivais dans l'air l'agile pèlerin;
Je songeais à Noé, l'antique patriarche,
Lorsqu'il vit revenir la colombe de l'arche,
Portant dans son bec rose un rameau d'olivier,
Et, le cœur plein d'espoir, je m'en allais prier.

GASTON.

Votre prière, hélas ! n'a pas pu, ma cousine,
Empêcher l'ennemi de brûler votre usine.

— Comme un autre, parfois, j'aime le sentiment;
Mais nous aurions mieux fait de dire à l'Allemand,
Avant que ses fourgons n'aient dépassé la Somme :
Nous ne pouvons lutter plus longtemps. Quelle somme
Veux-tu, pour t'en aller?...

JEANNE, *gravement.*

En vérité, Gaston,
Je ne vous reconnais plus. S'il est de bon ton
D'insulter aujourd'hui, dans une presse immonde,
Ceux qui se sont battus, je vous croyais d'un monde
Où l'on rendait justice aux esprits vigoureux,
Aux grands cœurs qui comptaient sur un retour heureux
De la fortune. — Moi, je ne suis qu'une femme,
Mais je vous jure bien, Gaston, que j'ai dans l'âme
Le courage d'un homme, et, qu'imitant Noël,
J'aurais, jusqu'à la fin, accepté le duel.

NOEL.

Pendant les derniers jours, ce duel fut horrible.
Les Krupp, au loin, tonnaient avec un bruit terrible,
Trouant nos monuments, crevant nos hôpitaux;
Des blessés, dans leur lit, étaient mis en lambeaux!
Un ciel roux et plombé pesait sur nos cervelles;
La nuit, sur les remparts, gelaient les sentinelles;
Pour se chauffer une heure, on brûlait les planchers;
Les femmes grelottaient aux grilles des bouchers,
Pâles, l'enfant au sein, depuis l'aube accourues;
Le pain allait manquer; les cercueils dans les rues
Se suivaient longuement! Et pourtant, malgré tout,
On se battait à Garche; on prenait Montretout;

Le feu de Buzenval fauchait comme des herbes
Des bataillons serrés de citoyens superbes :
L'artiste, le bourgeois, le patron, l'ouvrier,
Dans les rangs confondus, suivaient droit le sentier
Du suprême devoir ! — Quand on a vu ces choses,
On pardonne aisément à tous les fronts moroses,
Et l'honnête homme crie, à qui voudrait douter :
On peut haïr Paris ; il faut le respecter !

(Pendant cette tirade, Jeanne, les yeux fixés sur Noël, l'écoute avec une émotion visible.)

GASTON.

A la condition qu'il reste respectable.
Or, vous ne nierez pas qu'il est insupportable
De marcher coude à coude avec... vos *trente sous*....
C'est ainsi, n'est-ce pas, qu'on les nommait chez vous ?..
Une tourbe altérée, et qui ne fit la guerre
Qu'à coups de brocs de vin...

BERTIN, *souriant, à Marianne.*

C'est qu'ils ne mangeaient guère.

GASTON, *avec dédain.*

Un tas de va-nu-pieds, haineux et paresseux,
Fiers de leur linge sale et de leurs doigts crasseux.

NOEL, *souriant.*

Après un mois de camp, de poussière et de boue,
Lorsqu'une barbe inculte envahit votre joue,
Quand la lourde capote a remplacé le frac,
Que le dos affaissé se courbe sous le sac,
Croyez-moi, cher monsieur, le plus fier gentilhomme,
Fût-il de sang royal, après tout n'est qu'un homme ;

Et j'en ai vu plus d'un, dont le noble appétit
Croquait à belles dents le vulgaire biscuit.
Laissez donc le cliché des voyous au teint pâle;
Le plus chétif d'entre eux a le cœur aussi mâle,
Lorsqu'à l'aube il entend résonner le tambour,
Que tous les rejetons de votre vieux faubourg;
Et, devant l'ennemi, cette chair à mitraille
A toujours décidé du gain de la bataille!

GASTON.

Je veux bien, monsieur, croire à vos convictions,
Mais c'est une machine à révolutions,
La chair dont vous parlez! Si nous la laissions faire,
Nous verrions avant peu notre double hémisphère
Flamber comme un volcan!

JEANNE.

Donnez-lui, sans compter,
Le pain quotidien qu'on lui fait acheter :
L'instruction; bientôt vous la verrez, docile,
Lancer son anathème à la guerre civile,
Et chercher dans la paix, avec calme et fierté,
Le secret du bonheur et de la liberté.

NOEL.

L'ignorance est la plaie éternelle et profonde
Dont il faut à tout prix débarrasser le monde;
Mais il faut se hâter, car le mal est pressant.

JEANNE.

Vous avez pour guérir le baume tout-puissant,
L'antidote sauveur devant qui tout mal cède :
La science! Voilà l'infaillible remède.

GASTON.

Remède dangereux et pire que le mal.
Le peuple, ma cousine, est un triste animal
Dont l'instinct est de mordre et qui mordra sans cesse;
Il en sait déjà trop. Croyez-moi, rien ne presse
D'apprendre à ses petits, qui déjà font leurs dents,
A quelle sauce on doit le mieux manger les gens.

NOEL, *ironiquement.*

Ceux qu'il a dévorés aux jours de sa puissance,
Lui devraient cependant plus de reconnaissance.

JEANNE.

Le pauvre est moins mauvais que le riche ne dit.
Veillez sur ses enfants, éclairez leur esprit;
Formez pour l'avenir une race aguerrie,
Ayant au cœur l'amour ardent de la patrie,
Le culte du devoir et de la vérité,
Vous aurez ce jour-là sauvé l'humanité.

GASTON, *étonné.*

Dieu me garde de faire ici le pédagogue,
Mais vous parlez vraiment comme une démagogue....

JEANNE.

Je parle, mon cousin, tout naturellement,
Comme devrait parler, en ce triste moment,
Toute femme espérant demain devenir mère.
Le salut du pays n'est pas une chimère;
Et pour le délivrer un jour des Prussiens,
Il faut de nos enfants faire des citoyens.

GASTON.

Je n'ai pas, comme vous, une âme aussi romaine;
Nous vivons dans un siecle où l'intérêt nous mène;

C'est pourquoi, modérant vos transports trop ardents,
Je ferai de nos fils des citoyens prudents,
Aimant la France, soit, mais l'aimant sans faiblesse,
Des esprits sérieux respectant la richesse,
Et se gardant surtout de croire aux vieux grands mots
Qui troublent le pays en aggravant ses maux.

JEANNE.

Des grands mots quelquefois naissent les grandes choses.

GASTON.

Ils ont servi d'enseigne aux plus mauvaises causes.

JEANNE.

Vous avez vingt-cinq ans et parlez en vieillard.

GASTON.

Vous avez, en revanche, une cervelle à part.

JEANNE.

Etes-vous transformé, ne suis-je plus la même,
Je ne sais? Constamment vous raillez ce que j'aime.
Lier mon sort au vôtre, hier m'eût semblé doux,
Mais l'abîme, aujourd'hui, s'est ouvert entre nous...

GASTON, *souriant.*

Un abîme?...

JEANNE, *sérieuse.*

Oui, Gaston.

GASTON.

C'est une bouderie?...

JEANNE, *continuant.*

Quand mon âme s'exalte et parle de patrie,
Lorsque, sous l'aiguillon d'un amer souvenir,
Mon cœur brisé bondit, appelant l'avenir,
Pour mes âcres douleurs vous n'avez qu'un sourire,
Et mon enthousiasme a l'air d'être un délire.

GASTON.

Un délire qui prouve un esprit généreux,
Mais qui, pour vos enfants, deviendrait dangereux.
La femme, de nos jours, n'est pas une héroïne.

JEANNE.

Vous oubliez, Gaston, que je suis orpheline,
Et que, depuis cinq mois, mon cœur porte le deuil
De ceux que j'ai couchés dans le même cercueil.
Vous parlez de raison, d'intérêt, d'égoïsme,
Eux me parlaient d'honneur et de patriotisme.

BERTIN, *à Noël, bas, en désignant Gaston.*

Pendant qu'il allait rire à Bruxelle, entre amis,
Nous battions la forêt, traquant les ennemis.

JEANNE, *continuant.*

Vous ne comprenez pas que ces deux grandes âmes
Ont versé dans mon cœur leurs rayons et leurs flammes;
Que ces héros obscurs, martyrs du dévouement,
Sont tombés sous mes yeux, frappés mortellement,
Et qu'avant de mourir, leur voix, près de s'éteindre,
M'a crié : « Venge-nous, et cesse de nous plaindre !

(Elle regarde Noël.)

« Épouse un honnête homme, au cœur droit et viril,
« Dont la robuste main sache étreindre un fusil ;
« Que vos fils, élevés dans l'amour de la France,
« Épèlent au berceau le mot de : Délivrance ! »
— Voilà ce que m'ont dit, Gaston, ceux qui sont morts.

NOEL, *à son père, avec admiration.*

Quelle femme !

JEANNE.

Tous deux n'ayons aucun remords.
Je ne puis accepter votre offre généreuse ;
Vous seriez malheureux, et moi.... plus malheureuse,
Si de notre union.... il pouvait naître un jour
Des fils aussi... prudents que leur père. —A mon tour,
Vous voyez, mon cousin, je parle avec franchise :
Pour éviter, plus tard, une infaillible crise,
Pour ne pas trébucher au milieu du chemin,
Renonçons l'un à l'autre et... tendons-nous la main.

GASTON, *un peu décontenancé.*

Soit. Mais que ferez-vous ? Vous êtes ruinée;
Vous ne pouvez toujours rester abandonnée:
Il vous faut un appui.

JEANNE, *regardant fixement Noël.*

Cet appui, grâce au ciel,
Je crois l'avoir trouvé... peut-être ici ?...

(*Mouvement de Noël, de Bertin et de Marianne. Allant à Noël.*)

Noël !
Voulez-vous que je sois votre femme ?...

(*Elle lui tend la main.*)

NOEL, *fou de joie.*

Vous ! Jeanne ?
Je ne rêve pas ?...

JEANNE, *se retournant vers Marianne.*

Non. — Ma bonne Marianne,
Et vous, mon cher Bertin, voulez-vous qu'aujourd'hui,
Noël soit mon mari ? Je suis digne de lui :
Il est digne de moi.

MARIANNE, *tremblante.*

Noël ?

BERTIN.

Mais c'est pour rire ?...

JEANNE, *gravement.*

Je l'estimais hier ; aujourd'hui je l'admire,

(*Mettant la main sur son cœur.*)

Et je le sens bien là... demain, je l'aimerai. (*A Noël.*)
Et vous ?...

NOEL, *couvrant sa main de baisers.*

Je vous adore !

(*Se relevant, avec un geste de menace.*)

Et je les vengerai !

FIN.

www.ingramcontent.com/pod-product-compliance
Ingram Content Group UK Ltd.
Pitfield, Milton Keynes, MK11 3LW, UK
UKHW022003260726
13994UKWH00004B/1922